듣고 있니?

Are You Listening?

듣고 있니?

Are You Listening?

틸리 월든 | 원지인 옮김

듣고 있니?

펴낸날 초판 1쇄 2021년 3월 10일

지은이 틸리 월든 | **옮긴이** 원지인 | **펴낸이** 신형건

펴낸곳 (주)푸른책들 · **임프린트** 에프 | **등록** 제321-2008-00155호

주소 서울특별시 서초구 양재천로7길 16 푸르니빌딩 (우)06754

전화 02-581-0334~5 | **팩스** 02-582-0648

이메일 prooni@prooni.com | **홈페이지** www.prooni.com

인스타그램 @proonibook | **블로그** blog.naver.com/proonibook

ISBN 978-89-6170-799-2 03840

 Fall in book. Fan of literature. 에프는 종이책의 새로운 가치를 생각하는 푸른책들의 임프린트입니다.
　에프 블로그 blog.naver.com/f_books

여행 안내서들은 기만을 다룬다.
바다는 정신적 속성이다. 지도는 모두 허구이며,
여행자들은 모두 서로 다른 개척지에 이른다.

– 에이드리언 리치,
『여정(Itinerary)』

탈 거니?

애?

아, 아니요.
죄송해요.

맘대로 해라.

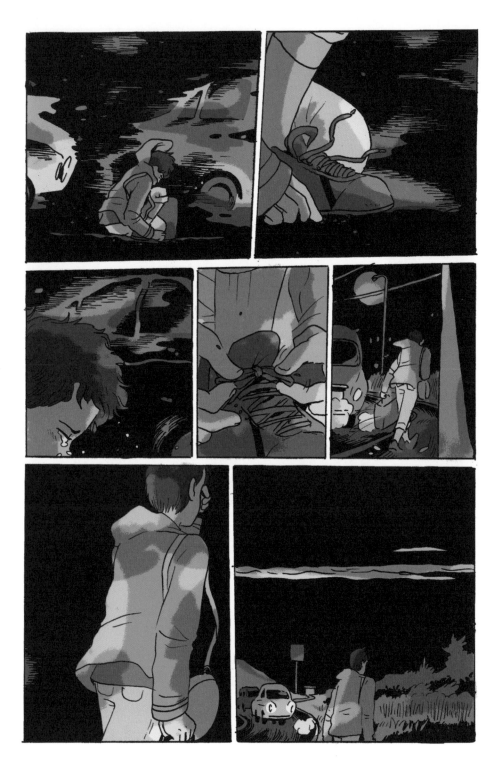

딸랑

실례합니다.

음, 저기 혹시
전화기가 있나요?
제가…

딸랑

화장실 있어요?

화장실은 고객 전용이에요.

이런.

어… 그럼,
살게요…

이
껌이요.

17

한참 못 본 거 같네, 마지막으로...

가 봐야겠어요.

아.

그때.

잠깐만, 혼자 나온 거니?

손님.

뭐요?

다른 손님들이 열쇠를 써야 하니까 지금 당장 가라고요.

아무도 없잖아요.

딸랑

가요, 간다고요...

젠장.

딸랑

저기요!

잠깐만요!

저기, 어…
죄송한데, 혹시…

이름이…

루.

어디 가는
길이에요?

나? 어… 그냥 서쪽.
친척을 만나려고.

잠깐 다녀오는
거야.

왜 이렇게 늦은
시간에 운전해요?

그냥… 어…
왜냐면… 난…

난 너한테
왜 도망치는지 묻지
않았잖아.

아니, 전…
도망치는 게…

아, 제발. 너 이렇게
나온 거 부모님도
알고 계시니?

27

그쪽이
틀렸어요.

뭐가?

그때 전 고작
열다섯 살이었고...

차를 훔치려던 게 아니었어요.

제가 하려던 건
그게 아니에요.

창문 좀
내려도 돼요?

그럼.

그래서… 내 차에
들어간 이유가…?

그냥 차 안에 앉아 있으려던
거예요. 전 운전할 줄도 몰라요.

그쪽은 차가 엄청나게
많잖아요. 전 발견하지
못할 줄 알았어요.

그럼 운전할 줄
알았으면…

떠났겠죠. 뒤도
안 돌아보고.

그럴 줄
알았다.

난 엄마한테
운전하는 법을 배웠어.
그때가 아마···
아, 열 살?

엄마의 낡은 트럭을 타고
집 옆으로 난 이런 울퉁불퉁한
길을 달렸지.

바위랑 구덩이가
가득한 길 위로 차를
몰려니 너무 힘들었어.

그리고 몇 년이 흐른 뒤에
엄마는 이 차를 샀지.

새 차가 얼마나
반짝반짝 빛나던지 마치
다른 별에서 온 것 같았어.

그 차도
몰았겠네요?

처음부터는 아니고.
그래도 우린 이 차로 첫
자동차 여행을 했어.

난 차에 흠집을 내고,
뭘 부수지나 않을까
잔뜩 긴장했지.

그리고 한 시간도 안 돼서
핫초코를 사방에 쏟았어.

설마.

아직 그 얼룩이
남아 있어.

이제 된통 혼이 나겠구나 싶었지.

안 혼났어요?

전혀. 엄마는 갑자기 웃음을 터트렸어. 그리고 때뜸 언젠가 이 차가 내 것이 될 거라고 하셨지.

얼룩이고 뭐고 전부.

엄마 없이 이 차를 운전하려니 이상하다.

아직도 아무 생각 없이 조수석으로 가기도 한다니까.

유감이에요… 저도 들었어요. 그러니까 제 말은… 그 일…

창문 좀 올려 줄래?

배우려고 했어요.

엄마가 내
열여섯 살 생일에
가르쳐 주겠다고
했거든요.

그런데 남동생이 없는 바람에, 엄마가 온종일 곁에 있어야 했죠.

그래도 혹시 몰라 차 옆에서 엄마를 기다렸어요.

엄마가...

잊어버린 거죠.

나중에라도 배울 수 있었잖아?

나중에 배우고 싶지 않았어요.

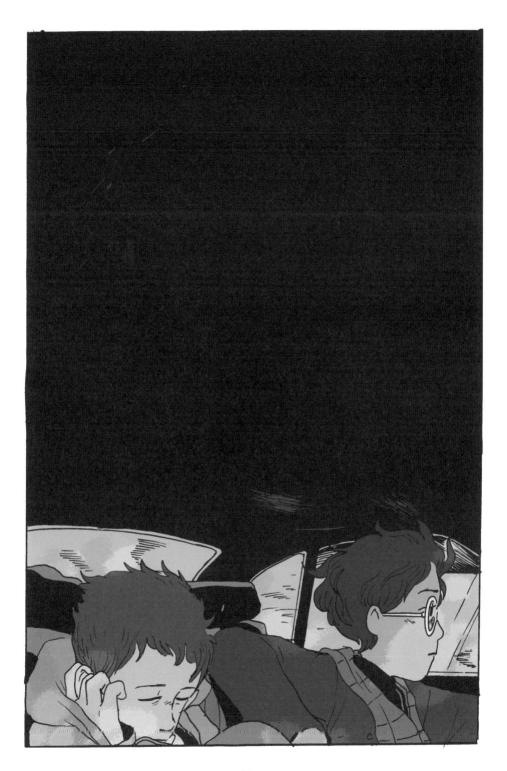

베아트리체.

20분 후면
도착할 거야.

하암.

네?

20분 후면
맥키니라고.

아.

그렇네요.

금방이네요.

맥키니
45km
ㅁ

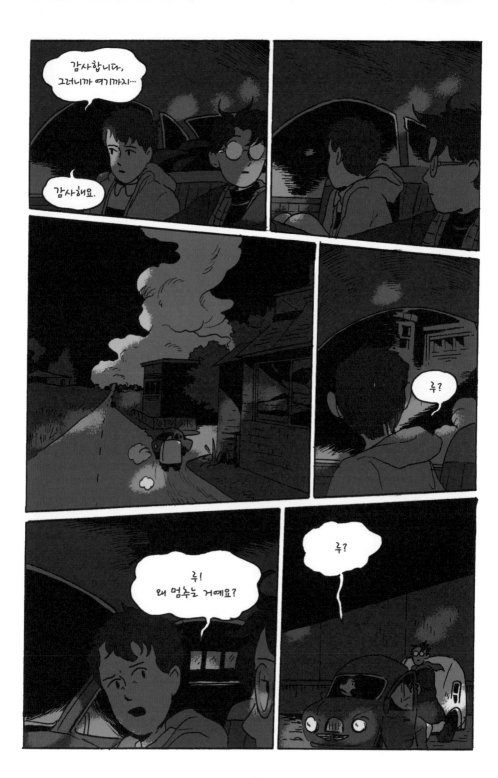

실망하지 마. 연습이 필요한 일이니까.

맥키니
5km

안아요.

열세 살 때 자동차 한 대를 통째로 만들었다는 게 사실이에요?

전 그렇게 들었어요.

지도를 좀 봐야겠다.

사실이 아니에요?

열다섯 살 때였어.

정말 대단해요.

그렇게 대단하지 않아.

진짜 그렇다니까요.

솔직히 신기하긴 했지. 엄마가 자랑스러워하실 때는...

그리고 내게 이런... 재능이 있는 걸 알게 됐을 땐.

하지만 지금은 마을 사람들이 하는 얘기일 뿐이야.

이제 나와 상관없어.

주소는 있니?

잠깐 친척 집을
방문하려는 거 맞아요?

뭐?

짧은 방문치고
짐이 너무 많은데...

어디에 내려 줄까?

여기,
여기면 돼요.

여기?

전… 그러니까,
친구가 근처에 살아요.
알아서 찾아갈게요.

주소는 없는 거니?

어디 있을 거예요.

그럼, 나중에 또 봐요.
아마도요.

감사해요.

젠장.

친구는
없는 거지?

기다려, 어디에서 잘 거니?

앉아서 할게요.

맥키니에 아는 사람이 있긴 해?

아니요.

그럼... 왜 여기까지 온 거지?

껌에 써 있었어요.

그게...

껌이요.

주유소에서 산 껌이요.

네가 도망치고 싶다는 건 알겠어.

하지만 적어도 계획은 있어야 하잖아.

어떻게 해야 할지 안다고요!

그렇게 대책 없진 않아요.

아주 열여덟 살답네.

뭐! 그쪽도 아주 똑똑하네요!

베아트리체…

아무도 그렇게 안 불러요. 비예요.

그래, 비. 난 앞으로도 갈 길이 멀어.

맥키니에서 재밌게 지내.

쾅!

손님! 손님.
여기서 주무시면
안 돼요.

자는 거
아니에요.

아이스티예요.

그러고 엄밀히 말해서 아침 아닌가요?

이런, 네 말이 맞아.

얼마나 더 가야
하는데요?

고모할머니가
샌앤젤로에 계셔.
여기서 며칠 더
운전해 가야 해.

하지만 그 뒤로 더 많이
운전할지도 몰라.

어디 가는데요?

아직은 모르겠어.

그건 좀 이상하지 않아요?
목적지 없이… 그냥
간다고요?

그렇지. 내가
바라는 건 그냥… 모르겠다.

내갈까요?

그래.

그래,
그래야지.

진짜 배부르다.

저도 같이
가도 돼요?

56

전… 너는…

저는…

폐 끼치는 건 싫지만…
아녜요.
그냥 잊어버리세요.

됐어요. 이제
생각 없어요.

그게… 가는 길이 그렇게
재밌지는 않을 거야.

그냥 서부 텍사스로
가 보려고.

재밌는 걸 바라지는
않아요.

뭐, 그래도
이번 기회에 네
운전을 봐줄 수는
있겠다.

잠깐만요,
그 말은…

이제 슬슬 가 볼까?

내 트레일러가 크지는 않아도 우리 둘한텐 맞을 거야.

잠깐만요.

잠깐만요, 왜죠?

전 그쪽을 잘 알지도 못하는데요.

그건... 그래서겠지.

내가 아는 사람들은 죄다 나를 미치게 만드니까. 그렇지 않은 사람과 함께 있는 건...

괜찮을 것 같아.

뭐 하고
있어요?

엔진 오일을
채우고 있어.

이제 가야겠어. 가능하면
이틀 안에 고모할머니 집에
도착하고 싶거든.

좋아요.

운전하는 사람이
둘이면 훨씬 더
빨리 갈 텐데...

먹을 걸 찾아보자. 그럼 좀 도움이 될 거야.

전 정말 재능이 없어요. 인정해요.

FIREWORKS
EXIT NOW

서부 텍사스는 아직 멀었어요?

거의 다 왔어. 다음 마을까지는 얼마나 남았지? 분명 식당 같은 게 있을 거야.

멀어요.

분명 뭔가 있을 텐데.

정유소가 하나 있네요.

지도 좀 보자.

본다고 달라지는 건 없어요.

그냥 보고 싶어서 그래.

저기 봐.

세상에.

빅 스프링. 마을이야!

지도에는 없어요.

그래서 뭐? 난 배고프다고.

빅스프링
거주인구:80
에서 오세요!

내 기억으로는 이렇지 않았는데...

여기에 자주 와 봤어요?

아니, 아니야. 딱 한 번 와 봤어.

아니라고요.

그래. 아니야.

더 따뜻한 옷은 없니?

여긴 텍사스라고요.

1월이기도 하지.

문 닫아요!

결국은 내가 네 아침까지 끌고와야 한다는 얘기로군.

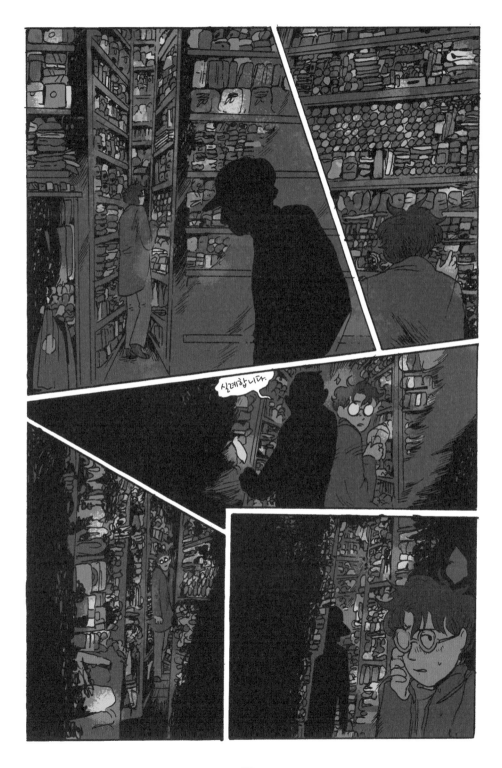

'서부' 어쩌고 하는 마을이 있는지도 몰랐는걸.

여기까지 온 걸 보면 사는 곳이 그렇게 먼 것 같지는 않은데...

게다가...

게다가 밖은 너무 추워요.

가는 길에 있는 곳인지 지도에서 확인해 봐야겠다.

얘 가족들도 반쯤 정신이 나갔을 거예요.

어디 있는지 몰라서요.

모든 게 정말
이상해.

내 이십 대 초반은 미친 듯이 일하느라
빠르게 지나갔고… 단 한 번도
그 모든 걸 어떻게 하는 건지
자문한 적도 없었어.

야옹

그런데 완전히 무기력한 상태가
된 지금은 뭘 어떻게 해야 할지
모르겠어. 이렇게 뭔가 느긋하게
해 본 적이 한 번도 없었으니까.

그 말은…
더는 정비공을
하고 싶지 않다는
거예요?

아니, 아니야…
여전히 내 일이 좋긴 해.
그리고 그거면
충분했지.

지금은… 그렇지 않고.

아, 어…

미안, 횡설수설했네.
잊어버려.

이건 말이 안 돼.

소리 지르며 말하지 않아도 돼요. 바로 앞에 있는데.

소리 지르는 게 아니야. 이런 마을은 있지도 않아. 지도란 지도는 다 찾아봤다고.

다이아몬드의 인식표가 잘못된 걸까요?

모르지. 어디 가서 물어봐야겠어. 어쩌면...

그래요.

비, 눈 좀 붙이지 않을때? 꼭 죽은 사람 같으니까.

안 피곤해요.

젠장.

안 자는 거 알아.

계속 자는 척할 필요 없어.

그럼...

다이아몬드에게 먹이를 줘야 해요.

여기 계산서요.

오, 어, 감사합니다.

이곳까진 무슨 일로 온 건가요?

그냥 지나는 길이에요.

조심히 가도록 해요. 요즘 여기저기서 호수가 불쑥불쑥 솟아오르니까.

조심히 가요.

다이아몬드도 배고프겠다.
아무래도 진짜 고양이
사료를 찾아야겠지.

너 때문에 내
트레일러 침상이 온통
털투성이야.

가르릉

비?

3단으로 올려.

루.

젠장.

드디어 도착했어.

고모할머니는
고양이 좋아하세요?

새앤젤로에
오신 것을 환영합니다.

글쎄…
잘 모르겠다.

128

네가 꼬맹이였을 때 여긴 왔던 게
기억나는구나. 보고도 믿기지 않더라니까.
넌 네 엄마를 쏙 빼닮았었거든.

그런데 네가 입을 열자마자
닮은 점은 딱 거기까지인 걸 알았지!

어머니와 많이
다를 거예요?

우리는…

완전히 달라!

네 엄마는 그렇게
차분할 수가 없었지. 아무리
난장판이 돼도 꿈쩍하지
않았다니까.

세상에, 하지만
넌 어렸을 때…

정말 폭탄이 따로 없었어.
뛰어 들어오는 게 태풍 같았지.
젤니 케이크를 먹은 거라 말했더니,
네가 아주 탁자를 부서뜨릴
뻔했지.

이제 네 얘기를 해 봐.
우리 쪽는 어떻게 만난 거니?
가족들은 어떤 분들이니?

아빠는 가르치는 일을 하시고,
어, 엄마는 편집자세요.

자, 비…

네.

정말 멋지구나!
형제자매는 있고?

남동생이랑
여동생이요.

네 얘기도 해 봐.

별로 만할 게 없어요.

말도 안 돼! 얘야, 여긴 텍사스야. 텍사스에 재미없는 사람은 없어.

둘은 어떻게 친해진 거니?

누가 바로 근처에 살아요.

진짜?

내가 몇 번 얘네 엄마 차를 고친 적이 있어요. 그리고 네 가족 중에 누가 차를 샀는데…

잠깐만요, 누가?

어… 네 이모 같던데?

그때 자기 애 준다고 산 차가 파란색 소형 밴이었지. 그 애가 아마…

제 사촌이요.

맞아.

그 차 엔진을 고치느라 진땀을 깨나 흘렸는데…

루, 샌앤젤로에도 너 같은 정비공이 있어야 하는데.

133

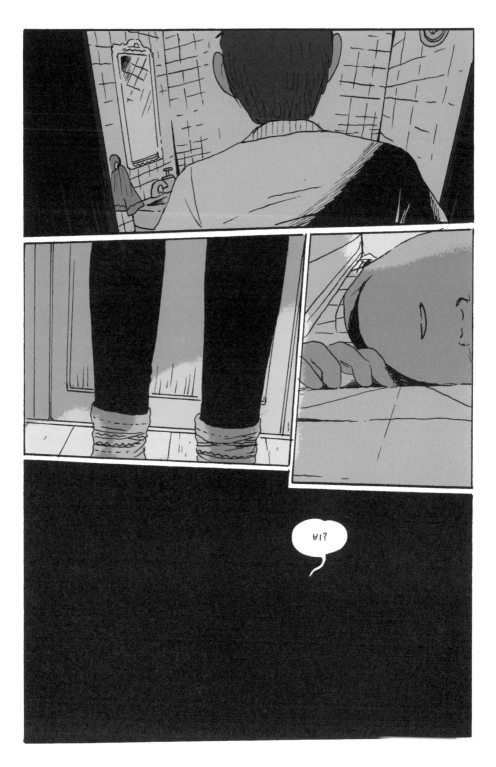

혹시 서부에 어떻게 가는지 아세요?

마을인 것 같은데…

서부? 확실히 들어 보긴 했다만 위쪽인지 아래쪽인지 정확히는 모르겠구나.

서부에는 왜 가야 하는데?

얘기하자면 길어요.

내가… 내가 서부를 알아.

페코스강을 건너… 협곡을 지나면 표지판이 보일 거야.

찾기 쉬워.

142

모르겠어.

다이아몬드는 절대
못 데려가요.

당연히 못 데려가지.

어디 있는 거
같아?

아니요.

어렸을 때 하던
게임이 있었는데...

뭐, 지금 생각해 보면
게임이라고 한 것도
없었어.

소피라는 애가 걔 나무집에
올라가서 아래에 있는
우리한테 공을 던지는 거야.

누구든 공을 잡는 애가
이기는 거고 소피랑 같이
나무집에 올라가는 거지.

난 한 번도 공을 잡은 적이 없었어. 그게 미치겠더라고.

또 그 게임을 하게 됐고, 내 친구 알렉스가 그 공을 잡았을 때였어.

그 순간 정신이 나간 것 같았어. 난 그때로 걸어가서 그 애를 공격했지.

우는 그 애 손에서 공을 빼앗았어.

진짜 최악인 건 뭔 줄 알아?

마음이 후련하더라고. 드디어… 드디어 나도 나무집에 들어가게 되었으니까.

하지만… 결국 그딴 건 중요하지 않았어.

그게 무슨 뜻이에요?

아… 소피가 내려오더니, 나보고 미쳤다고 했지. 그러고는 나만 빼고 애들 전부를 나무집에 들어가게 했어.

그날은 몹시 습했지.

루.

어디 차 세울 곳을 찾아봐야겠다.

여기가 어딘지도 모르잖아요.

우선 잠을 좀 잔 다음에 지도를 보고 집으로 가는 좋은 길을 찾아볼게.

다이아몬드를 집에 데려다주겠다면서요!

한 만큼 했어! 그리고 그 남자들, 이런 망할 일들 전부...

하지만...

위험해. 고양이 한 마리 때문에 우리가 죽을 수는 없어.

우린 안 죽...

그리고 네, 네 부모님은 아마 지금 겁에 질려 계실 거야!

부모님은 네가 어디 있는 줄도 모르는데, 내가 널 유괴라도 한 것 같다고. 이러고 있을 때가 아니야.

이제 집에 가야 해.

야옹

아무것도 모르면서.

뭐...

그쪽 정말 재수 없어.

여기가 어디…?

나도… 모르겠어.

뭔가 감춰진 느낌이네요.

큰 도로하고 한참 떨어져 있어.

다이아몬드.

쟤가 어딜…

다이아몬드, 잘 시간이야!

누, 다이아몬드가…

다이아몬드, 안 돼!

빌어먹을, 다이아몬드. 지금까지 우릴 곤란하게 한 걸로는 충분하지 않았어?

다이아몬드!

여긴 너무 좁은 것 같은데…

그냥 들어와요.

다이아몬드.

쟤가 여기로…

끈내를 봤어요.

몇 가지는 해결되기도 했고, 하지만…

집에서는, 마치 내 안에 커다란 상처가 있는 것 같았어요.

그리고 지금은…

그게 수천 조각으로, 산산이 부서진 것 같아요.

부모님께 이것저것 자세히 늘어놨어요. 임자니며 친구, 지금은 기억도 안 나요.

부모님이 그걸 믿어?

아빠는요.

엄만 내 속을 훤히 들여다봤어요.

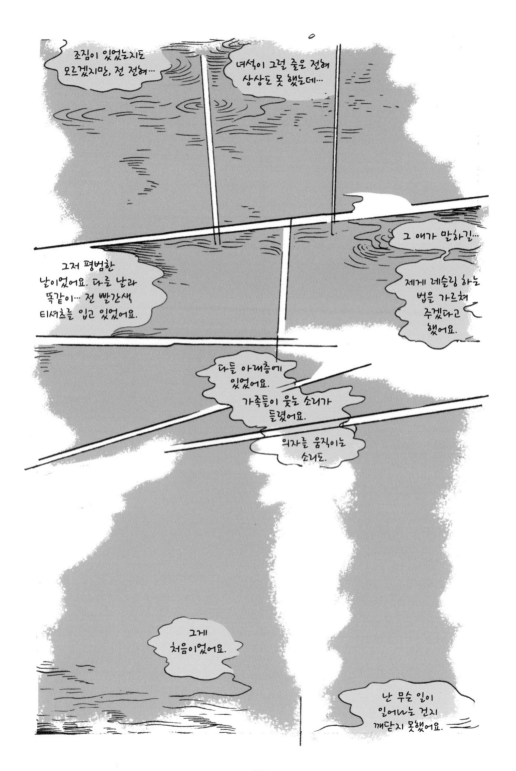

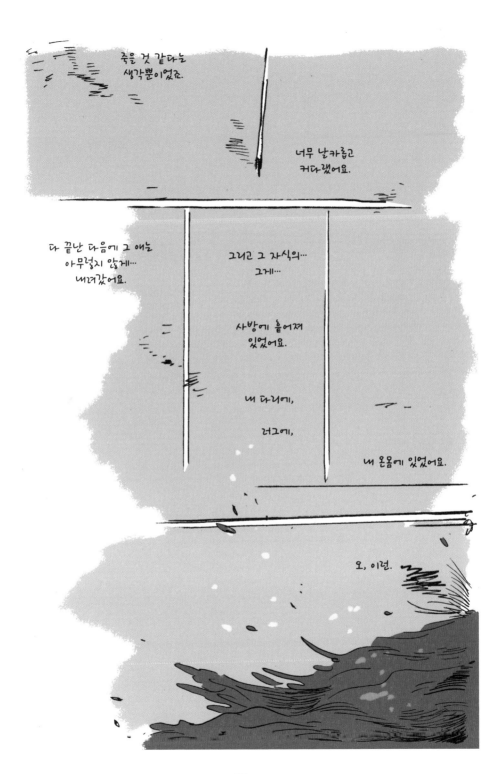

죽을 것 같다는
생각뿐이었죠.

너무 날카롭고
커다랬어요.

다 끝난 다음에 그 애는
아무렇지 않게…
내려갔어요.

그리고 그 자식의…
그게…

사방에 흩어져
있었어요.

내 다리에,

거기에,

내 온몸에 있었어요.

오, 이런.

끼이이익

난 차를 몰고 떠날 거야.
그리고 당신들은 딴 사람을 찾아
주근데는 거지.

좋아? 좋아.

유감스럽게도 그건
받아들일 수 없겠군요.

야옹

야옹

야옹

왜?

이 문제는 도로 조사국뿐만
아니라 고속도로 교량 및 지하
배수로 부서에서도 관심을
가지는 것이고 우리는 연방
도로법에 따라 불가피하게
이 일에 관여해야 합니다.

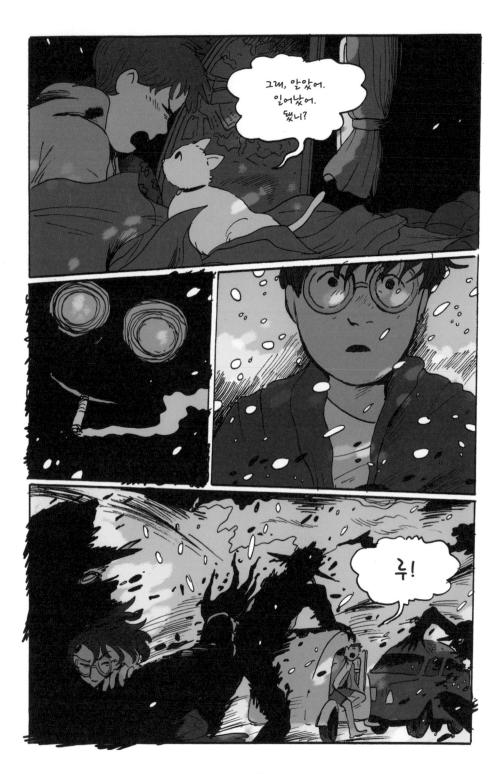

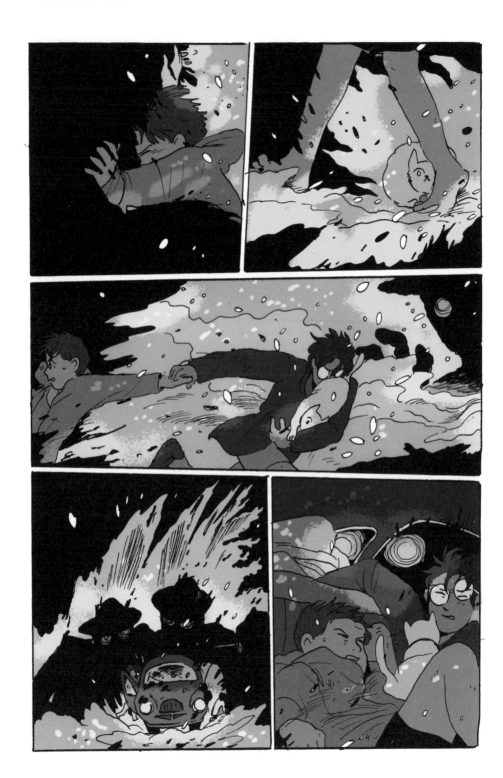

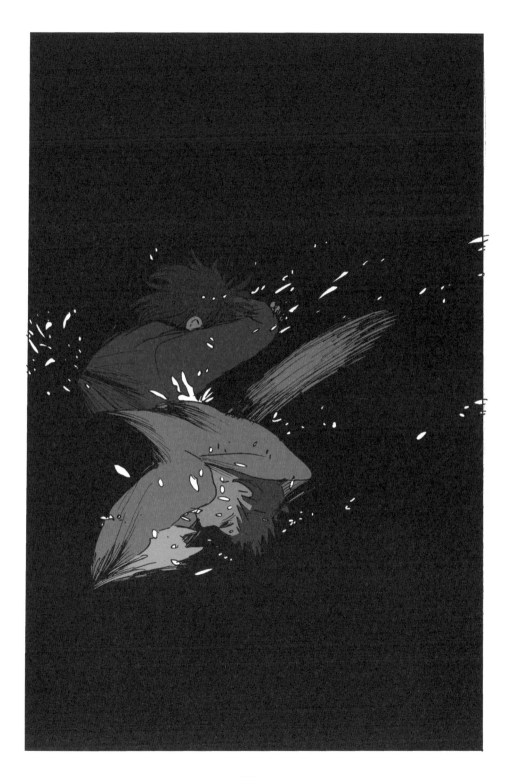

229

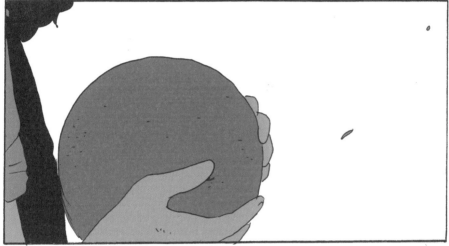

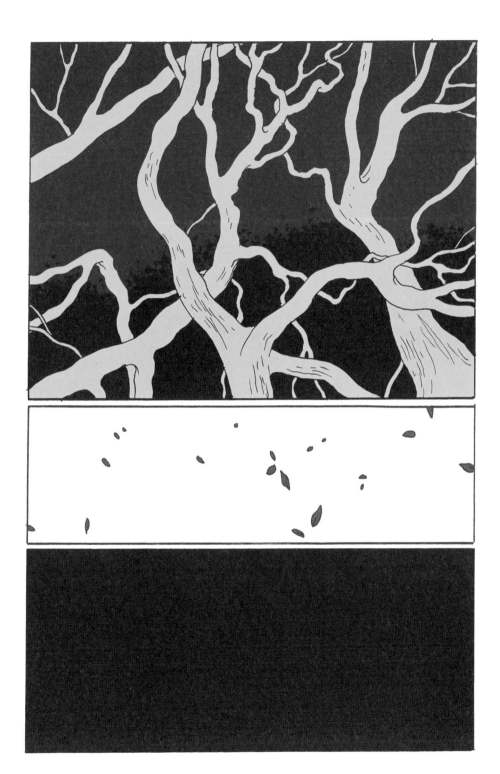

계세요?

계세요?

이곳 고양이를
데리고
있어요.

여기 고양이가 맞나요?
제가… 잘 찾아온
건가요?

그럼요.

인식표에 주소가
있잖아요.

제가… 얘가 다쳤어요.
정말 죄송해요.

이리 데려와요.

음.

괜찮을
거예요.

이게 무슨 일이죠?
전부 다 말이
안 돼요.

왜 그 사람들이 얘를
원하는 거죠?

얘가 자신이 가진 능력을
보여 주지 않던가요?

너무 보고 싶어요.
다 포기하고 싶을 만큼.

엄마가 시원하게
해 줄게.

맞지?

훨씬 더 낫지 않니?

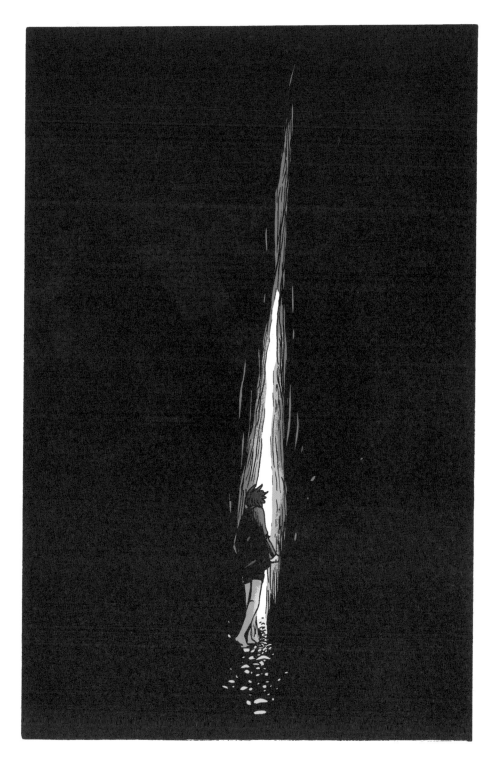

작별인사를 하기가 힘드네.

오늘… 오늘 날 진짜 안심시켜 줬어. 이렇게 된 마당에… 이상한 말이라는 건 알지만…

넌 잊지 않을게.

내가… 내가 너도 다이아몬드도 찾을 수 없었을 때…

생각했어…

엄마가 돌아가신 뒤로는 무슨 일이든 다 생길 수 있을 것 같다고.

난 불가능한 게 있다고 믿던 때로 돌아가고 싶다.

누.

누에 관한 얘기를 들었어요.

어머님에 관한 얘기요.

제가 뭘 들었는지 알고 싶어요?

그… 그 정도는 가능할 것 같은데.

지금 누굴 상대로 말하는지 안아요?

난 정비사예요. 그것도 실력이 뛰어난. 나한테는 어떤 꼼수도 안 통해요.

어.

누, 오래도 걸렸네요!

그 남자, 오줌을 지릴 뻔했다니까. 강탈이나 다름없었어.

누가 타고 간 버스가 금방 도착할 거예요!

골목에 있어!

젠장, 너한테 직접 보여 줄 시간도 없겠네.

내가 안아서 할게요. 어서요!

물론이지.

집에 돌아올 준비가 되면...
혹시라도 네가 원한다면...

나랑 같이 지내도 돼.
넌 언제나 환영이야.

탈 거예요?

괜찮겠어?
난 꼭 가야 하는 건...

가야죠.
가요.

어디든 도착하는 대로,
운전면허 시험을 보는
거야, 알았지?

너라면
잘 볼 거야.

진행 과정···

첫 연필 스케치

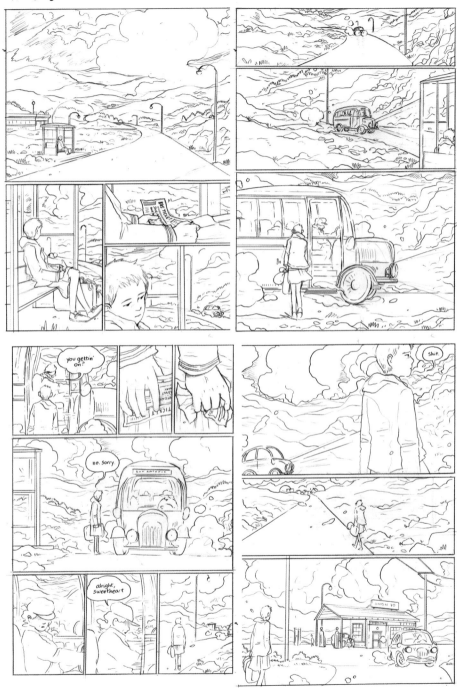

두 번째 시도...

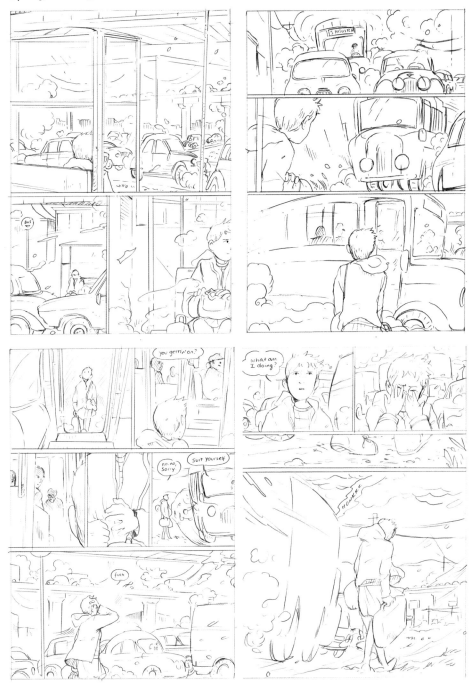

감사의 말

이 작품을 하면서 포기하고 싶었던 순간이 여러 번 있었습니다. 그걸 이겨 낼 수 있었던 것은 주변 사람들의 지지 덕분이었습니다. 제게 마르지 않는 에너지와 시간의 샘이 있다고 믿으며, 제가 짧은 시간 안에 긴 분량의 책을 만들어 내는 게 순전히 투지가 있어서라고 생각하고 싶긴 해요. 하지만 그건 사실과 동떨어진 이야기입니다. 계속 절 지지하고 사랑하는 여러분들이 있어 저는 아직 이 자리에 있습니다. 여기 몇몇 분들을 소개할게요.

〈퍼스트 세컨드〉 출판사 가족분들, 이 책 작업을 함께하며 여기까지 오게 한 여러분 모두에게 감사합니다.

절대 나를 포기하지 않는 친애하는 편집자, 코니.

나 자신보다 나를 더 가치 있게 여기는 세스.

이 책을 만드는 동안 나를 먹여 살린 내 룸메이트이자 조수인 애나마리.

기적적인 시간 안에 책을 매끄럽게 다듬고 제가 아름답게 꾸밀 수 있도록 도와준 재라드.

표현할 수 없을 만큼 엄청난 지지를 보여 주는 우리 가족.

그리고 물론, 내 얘기를 끝까지 들어 준 여러분들.

— 틸리 월든

틸리 월든 1996년 미국 텍사스주에서 태어났으며 만화가이자 일러스트레이터로 활동하고 있다. 데뷔작 『여름의 끝』과 『아이 러브 디스 파트』로 이그나츠 상을 두 차례 수상하고, 『스피닝』으로 아이스너 상까지 수상하며 독자들에게 널리 이름을 알렸다. 또한 『듣고 있니?』로 또 한 차례 아이스너 상을 수상하며 그 작품성을 인정받았다. 활발한 작품 활동을 통해 차례차례 독자들을 만나고 있으며 특유의 감성적인 그림과 함께 지기만의 개성적인 이야기를 펼쳐 내 독자들의 사랑을 한 몸에 받고 있다.

원지인 홍익대학교에서 영어영문학을 공부한 뒤, 번역문학가로 활동하고 있다. 그림책 『북적북적 우리 동네가 좋아』, 『자유 자유 자유』, 동화 『마음을 그리는 아이』, 『멋진 친구들』, 논픽션 『위대한 발명의 실수투성이 역사』, 『우리 밖의 난민, 우리 곁의 난민』, 『언니들은 대담했다』, 그래픽노블 『고스트』, 『스마일』, 『아냐의 유령』, 『니모나』 등 다양한 책들을 번역했다.

이별과 이별하는 법

이별과 이별하는 법

마리코 타마키 지음 | 로즈메리 빌레로-오코넬 그림 | 심연희 옮김

퀴어 영어덜트 문학의 지평을 넓히다
"당신과 계속 헤어지면서 또 매번 당신에게 돌아오는 그 사람을 사랑하는 건 어떤 느낌이죠? 주는 것이 사랑의 한 형태라는 것은 맞지만, 사랑은 당신에게서 무언가를 빼앗아가서는 안 돼요." 정말 필요로 하는 건강한 관계를 껴안기 위해 우리가 갈망하던 독소적인 관계를 버렸을 때, 과연 어떤 일이 일어날까? 이 그래픽노블은 사랑을 찾아내려 애쓰는 누구에게나 반향을 일으킬 만한 구체적이고도 솔직한 감정으로 노래한다.

★아이스너 상 수상작 (*3개 부문 동시 수상)
★마이클 프린츠 상 수상작　★하비상 수상작

밤으로의 자전거 여행

밤으로의 자전거 여행

라이언 앤드루스 지음 | 조고은 옮김

저 강 위의 등불들은 우릴 어디로 데려다줄까?
아무도 집으로 돌아가지 않기, 뒤돌아보지 않기. 그 것은 우리들만의 규칙이었다. 하지만 그 규칙은 쉽게 깨어지고, 벤만 홀로 남아 너새니얼과 예기치 않은 여행을 하게 된다. 둘은 경이로운 마법과 우연한 우정이 만들어 내는 '밤으로의 자전거 여행'에서 말하는 곰을 마주치고, 숱한 전설과 다채로운 에피소드가 교차하는 몽환적이고도 생생한 판타지를 경험한다.

★〈커커스 리뷰〉〈북리스트〉 추천도서

라이카

라이카

닉 아바지스 지음 | 원지인 옮김

역사적 순간에 숨겨진 인류의 진실
1957년, 소련 우주선 스푸트니크 2호에 사람 대신 태워져 지구 최초의 우주여행을 한 라이카. 도시의 거리를 떠돌던 어린 유기견이었던 라이카는 끝내 우주의 미아가 되고 말았다. 그래픽노블 작가 닉 아바지스는 라이카를 우리 곁으로 다시 소환하여 역사의 중요한 순간에 숨겨진 인류의 진실을 조명한다. 이 이야기는 당신의 마음에 고스란히 가닿을 것이다.

★아이스너 상 수상작

듣고 있니?

듣고 있니?

틸리 월든 지음 | 원지인 옮김

진실한 목소리는 위로가 된다
『스피닝』에 이어 작가에게 거듭 '아이스너 상' 수상의 영예를 안겨 준 신작 그래픽노블! '비'는 도피 중이다. 그리고 '루'와 마주친다. 이 우연한 만남에 신비로운 고양이가 합류하여 짧고도 긴 여정을 이어가는데, 풍경은 불안정한 세상으로 변모하고 매장된 진실에 곧 직면하게 된다. 두 여성이 신뢰와 연대로 만들어 내는 상실·고통·슬픔·우정·치유에 관한 친밀하고도 마음을 뒤흔드는 이야기.

★아이스너 상 수상작
★하비 상 최종후보작